LITTÉRATURE TAMOULE ANCIENNE

POÉSIE ÉPIQUE

LE RAMAYANA DE KAMBAN'

கம்ப ராமாயணம்

(Kamba Râmâyanam)

OU AVENTURES DE RAMA

SEPTIÈME INCARNATION

DE VICHNU

> Vâlmiki a jadis donné aux dieux l'ambroisie, Kamban' l'a aujourd'hui donnée aux hommes.
>
> *Pensée tamoule.*

PONDICHÉRY

P.-M.-E. SALIGNY, IMPRIMEUR DU GOUVERNEMENT

1861

A M. J. Demogeot

Docteur ès lettres

Chevalier de l'ordre impérial de la Légion d'honneur

Professeur d'éloquence française

à la Faculté des lettres de Paris.

A M. John de Babick

Lauréat pour les langues orientales

Greffier en chef

De la Cour impériale de Pondichéry

Affection, Gratitude, Espoir, Dévouement

Élie Honoré Julien VINSON

Karikal, 10 mars 1861.

LE RAMAYANA DE KAMBAN'

(KAMBARAMAYANAM)

OU AVENTURES DE RAMA

SEPTIÈME INCARNATION DE VICHNU.

Il n'est aucun peuple qui n'ait ses légendes, œuvres capricieuses de l'imagination simple et naïve des premiers hommes et dont la poésie s'empare, avec bonheur, lorsqu'elle est encore imparfaite et à la portée de tous les âges. Si la Grèce et l'Italie ont produit avec fécondité ces merveilleuses créations de l'esprit, l'Orient, et l'Inde surtout, sous le ciel pur et chaud qui la revêt, ne pouvaient pas en être complètement deshérités. De toutes ces légendes, nulle, sans aucun doute, n'est aussi répandue que celle de Râma, cycle tout entier d'inventions accumulées, série immense d'aventures héroïques que l'on peut comparer, pour les événements qu'elle raconte, aux antiques mythes théogoniques de l'Occident, et, pour la popularité, aux contes du roi Arthur et de la Table ronde.

Longtemps cette légende dut être flottante et indécise ; puis un sage, qui fut appelé le père de la poésie sanscrite, Vâlmîkî, en composa un vaste poëme, premier chef-d'œuvre de la langue sacrée. Sa composition fut postérieurement traduite ou imitée dans toutes les langues successives de l'Inde, depuis l'antique tamoul jusqu'au moderne hindoustani. Mais aucune de ces versions n'offre plus d'intérêt que la version tamoule attribuée à un disciple de Vichnu, கம்பன் Kamban' (prononcez Camben).

Ce poète, sur lequel on ne possède aucune notion historique positive, devait (et ce n'est encore qu'une supposition bien hasardée) vivre vers la fin du royaume de Pândi, ou Maduré, c'est-à-dire au Ve ou IVe siècle avant l'ère chrétienne. On possède plusieurs petits ouvrages qui portent son nom, mais il est probable qu'ils sont l'œuvre d'écrivains modernes qui s'abritent sous le nom et la réputation de Kamban'. La tradition rapporte qu'il était de la ville de Tiruvajundûr et du pays de Soja (côte de Coromandel) ; qu'il composa son poème d'après Vâlmîkî comme celui-ci rédigea le sien d'après les récits du muni Nârada, et qu'il le présenta aux savants assemblés dans la ville de Vennéynallûr, sous les constellations Phalguna et Hasta. Son style et certains passages du texte en précisent l'époque. Quoique mêlée d'archaïsmes, sa forme, souvent obscure et difficilement intelligible, oblige à donner parfois aux mots un sens qui leur est étranger ; les règles de la grammaire sont violées en maint endroit. Il est cependant écrit dans une manière primitive et spontanée, c'est ce qui en rend la lecture difficile, et offre souvent, comme tous les poèmes orientaux, cette diffusion et ces longueurs qu'on retrouve, du reste, chez plusieurs peuples méridionaux de l'Europe. Tout démontre, en un mot, que l'ouvrage fut arrangé à une époque où la langue commençait à ne plus être aussi pure. Si Râma, comme l'indique l'ère de Paraçurâma (1167 av. J. C.), et comme l'a supposé astronomiquement M. Wilson, a vécu vers le XIIIe siècle avant J.-C., Vâlmîkî a dû lui être postérieur de deux ou trois siècles, ce qui le rendrait contemporain d'Homère; et ce temps est au moins nécessaire pour altérer l'histoire de la vie d'un roi, au point d'en faire un dieu incarné et de lui donner pour alliés jusqu'à des singes et des ours. Kamban', qui aurait vécu cinq cents ans après son modèle et serait ainsi postérieur à la belle époque de la langue, représenterait dans la littérature tamoule, ce qu'est Lucain pour la littérature romaine.

La poésie tamoule, essentiellement faite pour être chantée, ne laisse pas d'être agréable et souvent belle. L'harmonie est encore pour la plupart des Indiens le seul guide et bien peu comprennent la mesure des vers autrement que par l'oreille. Cependant, les règles de la poésie tamoule sont presque toujours ardues ; elles embrassent une grande quantité de mètres, soumis à des consonnances diverses et à des rythmes différents. Parmi ces mètres, celui qu'a choisi Kamban' est le *Viruttam,* propre aux grands poèmes.

Le caractère général de cette espèce de poésie est de se composer de strophes, chacune de quatre vers, égaux en rythme, et par le nombre et l'espèce de leurs pieds, soumis à l'assonance appelée *Monæ*, qui veut que la première lettre du vers y revienne au moins une fois, et à la consonance appelée *Édugæ*, qui veut que la seconde consonne au moins des quatre vers soit la même ; mais les poètes, et Kamban' en particulier, étendent, le plus souvent, cette règle à tout le premier pied et quelquefois à plusieurs ; le rythme reprend à chaque consonnance, ce qui amène une répétition chère aux oreilles indoues et indianisées. Mais le rythme serait trop uniforme pour être supporté longtemps; aussi après dix, vingt ou trente strophes la mesure des vers change avec le ton. Ainsi, Kamban' emploie 87 variétés de mesures du mètre Viruttam, depuis le vers de deux et trois pieds jusqu'au vers de sept mesures; mais il se sert de préférence de ceux de quatre pieds (en tamoul *Alavadi*). Le Viruttam, quand il a été composé par les poètes tamouls, ne l'a été que par l'aide de l'oreille. Beschi, pensant, avec raison, que l'art de la poésie ne peut être soumis aux simples caprices de l'harmonie, en a retrouvé les règles ; ce qui permet aux Européens de saisir et même de composer ce genre de vers. Les rythmes qu'il renferme sont doux, graves, imitatifs, rapides ou lents. Kamban' les emploie, tous, suivant les exigences diverses de son sujet. Le *Râmâyana* renferme 48,064 vers en 12,016 strophes formant 128 chants. Comme celui de Vâlmîkî il est divisé en sept livres.

Le premier livre, *Bâla-kânda*, contient 22 ou, suivant d'autres, 28 chants, plus l'introduction ; il raconte l'enfance du héros et son mariage. Le second, *Ayodhyâ-kânda*, 12 chants, son séjour à Aoude et son exil. Le troisième, *Aranya-kânda*, 15 chants, l'enlèvement de son épouse Sîtâ. Le quatrième, *Kichkindhâ-kânda*, 16 chants, son alliance avec les singes et les ours. Le cinquième, *Sundara-kânda*, 15 chants, l'ambassade et les belles actions de Hanumân, à Lankâ (Ceylan). Le sixième *Yuddha-kânda*, 34 chants, la guerre avec les Râkchasa et la victoire. Le septième, *Uttara-kânda*, le règne de Râma et la fin de sa vie. Voici la donnée de la légende :

Dans les temps anciens, il parut sur la terre une race de géants destructeurs, les Râkchasa, qui ravageaient le triple monde ; l'un d'eux, le fils de Râvana, avait vaincu et lié Indra lui-même, comme Mars fut jadis prisonnier d'Otus et Ephialte (*Iliade*, ch. V, vers 385 et ss.). Les immortels, dans leur affliction, après avoir vainement imploré Çiva et Brahmâ, qui se trouvent eux-mêmes impuissants, ont recours à Vichnu. Ce grand dieu, dans sa miséricorde, a pitié d'eux et daigne s'incarner en Râma, après leur avoir ordonné de devenir des singes. Une céleste ambroisie est donnée miraculeusement aux épouses du puissant Daçaratha, roi d'Ayodhyâ (Aoude), qui mettent au monde quatre fils : Râma, Bharata, Lakchmana et Çatrughna. Le premier et le troisième, sous la conduite du muni Viçvâmitra, après que Vasichtha les eut élevés, parcourent le monde et arrivent à Mithilâ où régnait Djanaka. Râma gagne, au tir de l'arc, la main de la fille de ce roi, la belle Sîtâ, puis revient en triomphe à Ayodhyâ d'où il est forcé de sortir : son père l'exile par suite d'un serment que lui a arraché sa seconde femme. Il se réfugie dans les bois et arrive aux bords du Godâvirî, dans la forêt de Pantchavatî. Là, Râvana, excité par les conseils de sa sœur, Çûrpanakhâ, dont Râma a repoussé l'impudique amour, et aidé de son beau-père, Mârîtcha, qui prend la forme d'un cerf doré et est tué par Râma, lui enlève Sîtâ. Râma et Lakchmana se mettent à sa recherche ; ils arrivent chez les singes qui leur donnent une armée, puis chez les ours. Hanumân, le général des singes, va en ambassade, à Lankâ, redemander Sîtâ, comme Ulysse et Diomède allèrent à Troie réclamer Hélène. Sur le refus de la livrer qui lui est fait, il s'en retourne en incendiant la ville. Mais l'architecte des dieux en reconstruit une nouvelle. Cependant Râma fait bâtir le pont de Sétu, appelé plus tard pont d'Adam, et arrive chez son ennemi. Il tue successivement tous les Râkchasa ; son frère et les singes l'aident à merveille. Puis il s'en retourne avec Sîtâ et fonde un royaume sur la côte voisine. Après avoir civilisé ses sujets, il remonte aux cieux et laisse son royaume à son fils Kuça.

Telle est la légende qui n'est pas sans rapprochements

avec l'épopée homérique; là, comme dans l'*Iliade*, c'est une femme qui est cause d'une guerre et de la destruction d'un peuple. Elle est développée et entrecoupée d'épisodes innombrables et on comprend, sans peine, que le poème qui la raconte ait atteint une pareille longueur. Ce qui augmente la difficulté de suivre l'ouvrage, c'est la grande quantité de récits accessoires qui y sont racontés, la plupart étrangers au sujet principal. La vue d'un fleuve, d'un bosquet, d'une ville, donne lieu à une légende; quelques-unes de ces légendes ont un but éminemment moral : par exemple, celle d'Indra et Ahalyâ, qui rappelle l'épisode de Mars et Vénus de l'Odyssée, épisode blâmé, du reste, par le sévère Platon. Mais ici la conclusion est bien plus élevée, puisque les coupables maudits sont condamnés, l'une à rester pierre jusqu'à ce que Râma, la touchant par hasard de ses pieds, lui ait rendu sa première forme, et l'autre à devenir un argus aux mille yeux ardents. Celui de Kâma (le dieu de l'amour) et Çiva ne l'est pas moins. Kâma osant frapper Çiva de ses flèches, ce dieu, d'un regard de ses trois yeux, réduit son corps en cendres et le fait ainsi devenir Ananga (sans corps); il fit longtemps pénitence dans le pays dont le nom (Anga, corps) rappelle cette aventure.

Aujourd'hui il existe bien peu d'Indiens assez instruits pour lire et comprendre la *Râmâyana* de Kamban'. Une grande partie de la population connaîtra le nom de Râma, mais elle le considérera comme un dieu bienfaisant ; bien peu auront une connaissance suffisante de ses aventures. Dix sur cent peut-être auront entendu parler du *Râmâyana* de Kamban' et parmi eux deux ou trois seulement en auront entendu la lecture ou l'auront lu eux-mêmes. Aujourd'hui encore, il se pratique, dans l'Inde, un usage qui rappelle les veillées de certaines provinces de France. Plusieurs hommes se réunissent sous le poyal de la maison de l'un d'eux; là, un brahme vient et raconte ou lit les aventures du demi-dieu ; l'auditoire l'écoute pieusement. Heureux les possesseurs du poème! Ils considèrent ces précieuses oles comme une chose religieuse et consacrée; ils les placent auprès des statues de leurs dieux, les ornent de fleurs et récitent, agenouillés devant elles, les prières habituelles. Ils ne s'en dessaisissent que bien rarement, quoique souvent ils les laissent sur une planche vermoulue où les vers et les animaux destructeurs, si multipliés dans l'Inde, les anéantissent lentement. Mais ils se les prêtent facilement l'un à l'autre pour les copier ou les lire. La dernière partie surtout est extrêmement rare et très-difficile pour ne pas dire impossible à retrouver.

Le *Râmâyana* tamoul n'a point été publié en entier; on dit que les six premiers livres ont été imprimés, mais cette assertion ne paraît sûre que pour les trois premiers. Une réimpression a été commencée, à Madras, en 1858. Ce poème n'a jamais été traduit, pas même par extraits, dans aucune des langues de l'Europe.

L'ignorance, qui se répand peu à peu parmi les Indiens, en faisant oublier la littérature tamoule, riche mine encore neuve pour nous, a produit cette rareté du poème de l'Inde le plus connu en Europe. En outre, il est une partie de la population à qui on ne peut le demander ; c'est celle à laquelle on ne doit jamais s'adresser pour tout ce qui touche à la religion ou même aux mœurs de leur pays, ce sont ceux qui se disent convertis au christianisme. Ceux-là, prévenus défavorablement contre les poèmes tamouls, et, en particulier, contre le *Râmâyana,* affectent de les dédaigner et répètent gravement que ces ouvrages sont *païens*, ou qu'ils renferment des *mensonges*. Ils préfèrent rester dans une complète ignorance, plutôt que de s'instruire dans leur langue en touchant à ces œuvres antiques, oubliant que le bien doit se prendre partout où il se trouve; et le poème de Kamban' ne manque pas de belles pensées, de sentiments chrétiens. Tel était l'avis de Beschi, le célèbre tamuliste, qui, si nous en croyons ses propres appréciations et une tradition chrétienne, suspecte d'ailleurs quant à d'autres points, professait pour les vers du sage disciple de Vichnu une estime particulière. Il n'a point hésité à les imiter dans son *Têmbâvani,* œuvre étrange, mélange de souvenirs italiens et tamouls, écho lointain du Tasse et des poètes de l'Inde.

Parmi les reproches que l'on a adressés à Kamban', les principaux sont ses exagérations poétiques telles que la taille monstrueuse de ses guerriers, les longueurs accumulées et les répétitions dont son œuvre est remplie, enfin le trop grand nombre d'épisodes étrangers à son sujet. En parlant des guerriers, il emploie fréquemment des expressions telles que les suivantes : « Celui qui ressemble à une montagne. » — « Celui dont les épaules dépassent les cieux. » — « Celui dont les épaules sont plus hautes que des montagnes, etc». Mais l'homme, qui prendrait à la lettre ces expressions et croirait devoir les trouver ridicules et extravagantes, montrerait un bien faible talent de critique. Faire la part de l'imagination indoue, toujours portée à l'exagération et au gigantesque, en présence, on l'a dit tant de fois, de son Himalaya et de ses vastes plaines, est la plus sage manière d'apprécier ces qualifications, auxquelles n'est pas toujours étranger pourtant le désir d'exalter le héros qui remporte la victoire sur de pareilles créatures.

Quant aux épisodes qui remplissent le poème et sont au nombre de 1,814, ils peuvent s'isoler facilement ; ils sont amenés avec assez d'art, et le récit, quoique long, n'est pas dépourvu d'intérêt. Celui du muni Dûrvâsa et de l'éléphant d'Indra, Aïrâvata, que nous retrouvons, avec quelques différences, dans le *Tiruvilæyâdal purâna* (*Hâlâsyamâhâtmyam*), résume curieusement cette étrange poésie. Le muni Dûrvâsa, de la ville de Kâçi (Bénarès), doué d'une science antique, avait reçu de la main d'une fille des Vidyâdhara (le purâna dit : de la main de Çiva) une guirlande de fleurs (le purâna dit simplement : une fleur de lotus) et, arrivant dans le séjour d'Indra, l'avait remise au roi des dieux. Celui-ci la pose inconsidérément sur son éléphant blanc, qui, la jetant à terre, la foule sous ses pieds. A cette vue le muni, emporté par la colère, prononce une terrible malédiction contre les dieux . (Dans le purâna, le muni, cédant aux prières des dieux, ne punit que l'éléphant; celui-ci, après un séjour de cent ans sur la terre, remonte aux cieux par la grâce de Çiva). Effrayés, ces derniers vont embrasser les pieds de Vichnu qui leur ordonne de baratter, à l'aide du muni Mandara, la mer de lait, pour en retirer l'ambroisie qui doit donner l'immortalité. Il se change lui-même en tortue pour soutenir cette montagne (c'est sa seconde incarnation, Kûrma) et les aider dans leur œuvre ; puis, sous les traits de la belle Mohinî, il s'offre pour distribuer la céleste ambroisie entre les dieux et les mauvais esprits ; mais il a soin de ne donner qu'aux dieux le breuvage sacré et de leur assurer ainsi la supériorité sur leurs ennemis.

Kamban' est appelé par quelques-uns le prince des poëtes tamouls ; mais ce surnom paraît s'appliquer mieux à l'auteur du poème *Sindâmani*, ouvrage très-ancien de quelque mùni djaïna, et qui n'est la traduction d'aucun ouvrage sanscrit connu. Ce chef d'œuvre, qui n'a jamais été imprimé, est devenu presque introuvable aujourd'hui.

Tel est le *Râmâyana* de Kamban', l'histoire en tamoul du divin fils de Kausalâ. Il ne reste plus qu'à présenter seulement trois extraits traduits pour la première fois qui donneront une idée de la forme et du style du *Râmâyana* et de la poèsie tamoule.

VICHNU !

Que les pieds de l'âjvâr Kamban' nous défendent et nous protègent !

LE TRÈS-ILLUSTRE RAMAYANA DE KAMBAN'.

PREMIER LIVRE

BALAKANDA

SIR'APPUPPAYIRAM

(Introduction).

« Ceux qui ont pour jeux inappréciables et immuables « de créer toutes les choses qui existent dans chacun des « mondes, de leur assigner une place et de les mouvoir, « ceux-là sont les chefs ; que ceux-là doués de telles qua- « lités nous protègent ! I

« Il m'est difficile d'expliquer le parfait état, que l'on « ne peut connaître, de ceux qui sont purs. Celui qui

« possède le plus haut caractère parmi les trois que l'on « a trouvés, est le premier. Se plonger dans la belle mer « des perfections de celui-là, c'est une bonne chose. 2

« En disant : « connais le principe et la fin (Dieu) », on « a tout dit. Ceux qui n'ont pas d'affection (terrestre) « n'obtiendront point autre chose que les pieds du bon « *Dieu*, chemin véritable, où sont ce qu'on appelle les « Védas, les choses inappréciables et appréciables. 3

« De même qu'un chat entendant du bruit, s'approcha « de la haute mer de lait et s'y plongea pour la boire « tout entière ; de même, avec enthousiasme, j'ai entrepris « de raconter cette histoire du vaillant Râma pur de « toutes fautes. 4

« Je l'ai tressée de mots petits et ténus ; les injures que « l'on pourra me dire frapperont celui qui, de son arc, a « transpercé sept Marâmaram (ficus religiosa) [Râma]; elle « a été faite d'après les paroles de celui qui a composé ce « grand ouvrage (Vâlmîkî). 5

« Pourquoi l'ai-je composé, si la terre doit me mépriser « et si je dois en retirer des souillures ? C'est pour faire « connaître la grandeur des vers divins (le Râmâyana de « Vâlmîkî) que louent les savants dont l'intelligence est « sans taches. 6

« J'ai composé en vers tamouls ce poème d'après les « paroles du sage qui est le plus ancien (Vâlmîkî) parmi « les trois qui ont fait cette histoire dans la langue des « dieux. 7

« Si l'on les récite aux oreilles accoutumées aux Viruttam, « pleins de mesure, mes vers seront semblables aux tam- « bours qu'entend quelque fois le bel oiseau Asunam, « habitué à l'harmonie de luths. 8

« Quant aux vers élevés composés dans les règles des « trois tamouls (prose, poésie, théâtre), je veux faire com- « prendre une chose : Dira-t-on que ce sont les paroles « des fous, des imbécilles ou des hommes pieux ? 9

« Lorsque les jeunes écoliers font sur la terre des salles « et des maisons, les architectes s'emportent-ils contre « eux ? Ceux qui ont saisi le sens vrai des auteurs se fâche- « ront-ils contre mes humbles vers, qui manquent d'une « abondante sagesse ? 10

« Ce grand récit sans fautes et suivi, qui porte le nom de
« l'incarnation de Râma, *nom* usité depuis l'apparition du
« seigneur suprême (Vichnu), a été livré *au public*, dans la
« belle ville de Vennéy, où régnait Djatâya. 11

CHANT VII

MORT DE LA GÉANTE TADAKA.

Arrivés dans un désert affreux du pays d'Anga, Râma et Lakchmana demandent la cause de tant de ruine au muni Viçvâmitra. Celui-ci leur raconte, alors, comment Tâdakâ, fille du sage Sukétu, devint Râkchasi par la malédiction d'Agastya; et comment elle s'est fixée en ces lieux pour le malheur des dieux et des hommes. Au même moment arrive Tâdakâ menaçante. Mais un scrupule arrête le héros vis-à-vis d'une femme. Le muni combat ses pensées et lui cite l'exemple de Vichnu et d'Indra. Alors Râma lui répond :

« Puisque tu m'as dit que, pour ne pas tomber dans le
« vice, il faut agir, ton discours est vrai; et, le regardant
« comme des paroles des védas, puis-je ne pas m'y con-
« former ? C'est le moyen de pratiquer la vertu ». 67.

« Celle qui était semblable à un Agni féminin, recueillant
« dans son esprit les pensées du prince qui était du pays
« aux ondes douces du Gange, lança sur lui, avec des yeux
« enflammés, le feu violent du triple javelot de sa rouge
« main. 68.

« Le triple javelot de la mort, rayonnant, lancé par
« celle qui était comme un nouveau Yama, et qui fumait de
« rage, s'en vint, ardent, comme Râhu, qui arrive sur la
« lune jeune que porte celui qui est au-dessus de Brahmâ
« (Çiva). 69.

« Le prince, à ce moment, prit une flèche et recourba le
« bois de son bel arc, si vîte qu'on ne s'en aperçut point;
« il fit fuir la mort; le triple javelot, lancé par la créature
« maudite, se brisa et on en vit les morceaux tomber. 70.

« Celle dont la couleur ressemblait à celle des noirs
« nuages, lança, dans l'espace de temps qu'on met à pro-
« noncer un mot, une pluie de pierres qui aurait pu remplir
« la mer; le héros (Râma) lui répondit par une décharge
« de son arc. 71.

« [En faisant fuir la crainte de ceux qui ne dorment « point (les dieux), le jeune héros (Lakchmana), avant le « temps de prononcer une parole, lança, lui aussi, sur celle « qui était proche de sa mort, des flèches qui s'en allèrent « lui couper le nez et ses puissantes oreilles]. 72.

« Le prince noir lança sur celle dont la figure était « semblable à la nuit une flèche ardente et rapide comme « la parole; cette flèche ne s'arrêta point dans le roc de « sa poitrine de diamant; mais passant en cet endroit elle « s'enfuit : tels sont emportés les divins préceptes que les « bons ont dits aux gens vils et ignorants 73.

« La flèche de couleur sombre qu'avait lancée le prince « semblable à une haute montagne d'or, c'est-à-dire le « vent violent de la mort grande et forte, l'ayant frappée, « elle tomba en criant; de même, dans le dernier moment « du monde, tomberont, avec la foudre et les éclairs, les « nuages qui se seront formés dans les cieux pour faire « tomber une longue pluie de pierres. 74.

« Le sang se répandit dans toute la vaste plaine couverte « de poussière; alors les trois têtes de Tâdakâ à la large « bouche garnie de défenses recourbées, formant autant « de premiers présages funestes pour le Rakcha couronné, « (Râvana), elle se trouva semblable à une belle bannière « de victoire qui est tombée rompue au milieu du champ « de bataille. 75.

« Le fleuve de sang qui coulait de l'ouverture faite par la « flèche qui avait pénétré dans la dure poitrine de Tadakâ « se répandant dans le désert et formant une mer sur toute « la vaste plaine, apparut semblable à cette teinte rouge « qui descend sur le ciel vers le temps du crépuscule. 76.

CHANT XIII

AHALYA RELEVÉE DE SA MALÉDICTION.

ஐந்தவித்தானாற்றலகல்
விசும்புளார்கோமானிந்தி
ரனேசாலுங்க . . . . . . , ரி

Le roi des habitants du vaste ciel, Indra, est un exemple suffisant de la puissance d'un homme qui a vaincu ses cinq sens.
(Tiruvall. Kur'al, I, ch. 3, § 5).

Après avoir passé le Gange, les voyageurs arrivent au pays de Mithilâ, où régnait partout la joie et le bonheur.

« Après avoir traversé agréablement un tel pays, ils « arrivèrent près des remparts aux longs pavillons brillants « de Mithilâ qu'entoure une muraille et s'y arrêtèrent. « Ils aperçurent dehors un roc élevé où se trouvait renfer- « mée l'épouse d'un grand pénitent, méprisée pour avoir « détruit la grandeur de la vie conjugale. 8.

« La poussière des pieds de Kâkustha (Râma) tomba « sur la pierre qu'ils avaient vue ; alors son état d'indif- « férence disparut sans trouble et, reprenant sa forme, elle « se tint sous son ancienne figure comme liée aux pieds de « celui qui possédait la pure intelligence. Le grand muni « (Viçvâmitra) parla ainsi : 9.

« O fils de celui qui a fait descendre la Gangâ du vaste « ciel sur la terre (Bhaghîratha), celle-ci, qui se tient « resserrée comme l'éclair et comblée de joie, c'est Aha- « lyâ, l'épouse de celui qui a donné mille yeux éclatants « au roi des dieux qui désira et accomplit le mal ». 10.

« Après avoir entendu ces paroles de celui dont la che- « velure était d'or, l'époux de la terre (Vichnu, Râma) « dit : « Daigne me raconter comment cette femme a été « ainsi changée et a perdu son ancienne forme ; est-ce par « les fautes de sa vie passée ou quelque autre évènement « s'est-il accompli dans l'intervalle ? » 11.

« A ces mots de Râma, le sage, le regardant, lui répon- « dit : « O beau prince ! écoute : Dans les temps anciens,

« le roi à l'arme éclatante de diamant (Indra), profitant « d'une occasion qu'il trouva, en observant le muni à la « pensée privée de mal (Gautama), s'unit à son épouse aux « beaux seins et aux beaux yeux. 12.

« Frappé par le javelot des yeux de cette femme et « par les flèches de Manmatha, ce dieu, qui avait cherché « habilement la constance qui sauve, se dépouillant, un « jour, troublé, de la pure science qu'il avait ac-« quise, profita de l'éloignement du grand muni et, sous « les traits du sage dont le cœur était sans tâches, pénétra « dans sa demeure. 13.

« Y étant entré, il s'allia à elle et resta à savourer le « miel de cette nouvelle union d'amour ; à ce moment elle « comprit tout ; et, l'ayant compris, elle se troubla, se jeta « à terre en disant : « Ceci n'est pas bien ! » Cependant « le muni (Gautama), possesseur d'une force semblable à « celle du dieu à trois yeux qui n'a rien d'inférieur, arriva « en toute hâte. 14.

« A l'arrivée du muni, plein de mérites et assez puissant « pour prononcer une irrévocable malédiction, et non « pour se servir de l'arc qui lance les flèches (1), elle « eut peur et resta coupable de la grande faute qui, « sans cesse, réside dans ce monde ; Purandara (Indra) se « rapetissa et transformé en chat, chercha à fuir. 15.

« Le pur sage, faisant tomber sur lui ses regards de feu, « comprit ce qu'il avait fait, et lui dit : « Tes mains sont « semblables à des flèches ardentes (2), aussi, puisses-tu « avoir sur toi mille fois le signe que connaissent les femmes « dans leurs cœurs ». A ces mots il s'en alla et tous ces « signes se trouvèrent sur lui avant le temps d'un clin « d'œil. 16.

« Après que Purandara (Indra) s'en fut allé avec sa vile

---

(1) Jeu de mots tamoul : சாபம், arc (Sansc. *Tchâpa*) et malédiction (sansc. *Çâpa*).

(2) Le texte dit நின்கைச்சொற்சரம் etc. ; on a corrigé நின் கைச் செசரம். En conservant la leçon du texte, on traduirait : « Je me sers « de paroles semblables aux flèches ardentes de tes mains » ce qui répondrait au jeu de mots de la strophe pcécédente.

« faute, couvert d'une confusion sans bornes, et, objet des « sourires de chacun, (le muni), regardant la femme aux « tendres formes, lui dit : « O toi semblable à une courti- « sane mercenaire, deviens pierre ». Et elle tomba à ses « côtés changée en rocher. 17.

« On dit que c'est le devoir des grands de pardonner « toujours une faute; aussi, quand on lui eut dit : « O toi « qui ressembles au dieu du feu, daigne mettre une fin à « ceci », il ajouta : « Lorsque le nommé Râma, fils de Daça- « ratha, à la fraîche guirlande où se pressent de nombreux « essaims d'insectes aîlés, t'aura touché de la poussière de « ses pieds, brise cette roche et reparais brillante». 18.

« Les immortels et Brahmâ ayant vu Indra, réfléchirent « et allèrent supplier Gautama ; ce muni ayant dissipé la « colère de son esprit inflexible, fit disparaître ces signes « et les changea en mille yeux éclatants; alors ils retour- « nèrent chacun à leur demeure; mais la femme resta là « toujours pierre. 19.

« Ce bel événement sera un moyen de salut pour ce « monde tout entier; et de plus, qui pourra avoir de la « douleur? Dans ton combat contre la Rakchi de couleur « noire, ô prince de la couleur des nuages, j'ai vu auprès « d'ici la puissance de tes mains; et en ce lieu je viens de « voir la puissance de tes pieds ». 20.

« Le prince noir, sans fautes, aux pieds roses qui venaient « d'être secourables, recevant dans son esprit toutes les « paroles de celui dont les mérites étaient sans tâches, dit : « Si le grand pénitent te fait grâce, femme, marche droit, « sans t'écarter de ta route». A ces mots, se prosternant, « elle le loua. Puis il s'en alla en l'emmenant avec lui. 21.

« Tous arrivant à la demeure de l'illustre pénitent (Gau- « tama), celui-ci, à la vue de ces hôtes, s'émerveilla en « son cœur, alla au-devant d'eux, les fit entrer, et accomplit « sans défaillance les devoirs obligés de l'hospitalité. « Ensuite, l'illustre fils de Gâdhi (Viçvamitra) regardant le « grand et pur pénitent : 22.

« Ce grand prince de couleur noire l'ayant touchée de la « poussière de ses pieds, cette femme, jadis à la taille de « Vandji, a recouvré son ancienne forme. Reprends-la, toi, « car elle n'est pas coupable de cœur, lui dit-il; et le muni,

« semblable au grand dieu du lotus (Brahmâ) fit entrer
« cette parole en son esprit. 23.

« Le héros que ses mérites rendaient supérieur adorant
« les pieds de lotus de Gautama, se prosterna tout autour de
« lui et lui remit en mains la femme pleine d'une chasteté
« sans tâches; pour eux (Râma et ses compagnons s'éloi-
« gnant du bosquet odoriférant, ainsi que de l'austère
« pénitent, ils aperçurent la ville aux beaux remparts. 24.

La pensée d'Ovide : *Barbarus his ego sum*, etc., ne pourrait être mieux appliquée qu'à la poésie mythologique et aux vieilles traditions des Indous si méconnues, si mal jugées souvent, et cependant si riches, si belles et quelquefois si morales. La langue antique de l'Inde n'a pu être qu'une poésie pure et sublime; car on se sent toujours transporté et ravi, à la vue de l'éternel azur de ce ciel splendide, de ce soleil puissant et magnifique, de cette nature toujours dans sa primitive beauté. Tout est là, le cœur et l'âme; la poésie est-elle autre chose que leur fille, que l'écho de ce qu'il y a de plus élevé dans l'homme, un souvenir incertain du ciel, de ce séjour suprême auquel on aspire, point de départ et but mystérieux de l'humanité?

ÉTUDES TAMOULES.

Cultes anciens du sud de l'Inde.

FRAGMENT

LES DJAÏNA ET LES BAUDDHA AU MADURÉ.(1300-360 AV.J.-C.)

A l'origine, habitaient, dans le sud de l'Inde, des peuples dont la civilisation devait-être peu avancée, dont la langue était contemporaine du Sanscrit et dont la religion était, sans doute, encore toute simple et primitive. Lorsque, plus tard, suivant cette impulsion universelle qui, de tout temps, a entraîné les populations du nord à pénétrer chez celles du sud, plus riches, mieux partagées, mais, dans l'Inde, plus rudes, plus stables et moins civilisées; lorsque, pour la première fois, les habitants des régions au-delà des monts Vindhya, envahirent ces contrées, il se produisit une réaction si terrible et si puissante qu'elle a fait entièrement disparaître tout souvenir des temps antérieurs. Cette invasion, qui eut lieu à une époque très-reculée, produisit un mélange de deux races, une confusion prolongée d'où sortirent la langue tamoule et la religion des Djaïna, qui s'étendirent jadis fort loin dans le Décan; puisqu'on trouve des traces de tamoul dans les régions les plus reculées, depuis les Nilghéris jusqu'à la Krichnâ, comme l'ont prouvé les travaux éminents de de M. Elis et des autres tamulistes.

Lorsque, ensuite, les hommes venus du nord s'accrurent par des migrations successives et enfin par la grande invasion brahmanique, ils voulurent imposer aux Indiens du sud leurs mœurs, leurs coutumes et leur culte. C'est à cette seconde invasion que remontent le Télinga et le Malayala, langues formées plus du Sanscrit que de l'élément méridional. La lutte fut longue, et si les brahmes finirent par l'emporter, ce n'est pas sans protestations de la part des vaincus. L'ouvrage tamoul intitulé *Agaval* de Kapila, œuvre d'un esprit sage et élevé, en est une preuve vivante.

Plus tard eurent lieu entre le Brahmanisme et les religions des Djaïna et des Bauddha de longues querelles religieuses dont le royaume de Pândi fut le théâtre, depuis des temps reculés jusqu'au IVe siècle avant notre ère. Le *Tiruvilæyâdal purâna* tamoul (*hâlâsya mâhâtmyam*), nous en retrace l'histoire. Avant d'en donner le résumé, il est nécessaire de faire connaître les principaux caractères de la religion des Djaïna, appelés aussi Samanéens (Çamanâl).

Les Djaïna reconnaîssent un Dieu suprême qu'ils appellent Arhat, en sanscrit, et Arugan', en tamoul; il porte une infinité d'autres noms, parmi lesquels est celui de Djina dont on a fait Djaïna. Voici ses principaux attributs : il est unique, sans commencement, sans fin, sans mesure, sans égal, sans passions; il se plaît à l'ombre de l'arbre Asoka (*uvaria longifolia*), couvert de fleurs, où le miel abonde; il ombrage les trois mondes de son triple parasol, orné de la pleine lune; il possède quatre visages ; il a la couleur de la mer en furie; il est pur de toutes fautes et doué de toutes sortes de qualités; il a créé l'univers; il jouit d'un bonheur éternel; il a un trône soutenu par des lions; il a vaincu Gâdhi et brûlé Kâma, le dieu de l'amour. La grâce, la bienveillance, la science pure, la sagesse, lui appartiennent; les dieux et les mortels sont prosternés à ses pieds de lotus. Outre ce dieu suprême, les Djaïna en reconnaîsssent d'autres, les mêmes que ceux de la mythologie brahmanique. Ils recommandent la pratique de la vertu domestique (en tamoul: *Illar'am*); mais ils promettent de splendides récompenses à ceux qui auront accompli, sans faillir, toutes les austérités de la pénitence dans les déserts ou les bois (*Tur'avar'am*). Aussi, souvent, chez eux, des veuves allaient finir leur vie loin du monde pour atteindre le but suprême (*Gati*).

Les deux tiers au moins des ouvrages de la littérature tamoule sont djaïna; ce sont surtout les plus anciens, tels que le poème épique *Sindâmani*, les anciennes grammaires, les dictionnaires, les recueils de maximes telles que le *Nâladiyâr* et les *Kur'al*, bien que la tradition rapporte que l'auteur de ce dernier ouvrage était un saint éminent de la foi des Çaïva.

Quant au Bouddhisme, des médailles, des inscriptions prouvent aussi son ancienne prépondérance.

Telles étaient les religions du sud l'Inde à l'époque où le brahmanisme les combattit. Celui-ci s'accrût, peu à peu, après des persécutions violentes. Ce fut surtout dans le royaume du Pândi (Maduré) que sa principale branche, le Çivaïsme, s'établit et domina.

Vers le XIVe siècle avant J.-C., en 1300, régnait, à Maduré, le pieux, juste et vaillant Vikramapândya. Celui-ci « arrachant les mauvaises herbes qui étaient les Bauddha, les Djaïna et autres sectes, faisait croître les cultures des purs Védas ». A cette époque, les Djaïna étaient tout-puissants, à Kamtchipura, dont le roi était de leur religion. Ce monarque n'osant attaquer en face le roi du Pândi, dont la bravoure et la puissance étaient connues, écrivit aux chefs des prêtres Djaïna qui demeuraient en huit endroits différents de son royaume. Huit mille d'entre eux s'empressèrent de venir auprès de lui. Sur son invitation, ils commencèrent un impie sacrifice et par leurs enchantements firent sortir de la flamme un terrible éléphant qu'ils envoyèrent à Madhurâ avec ordre de tout détruire et de mettre à mort le pieux Çivaïste qui en était roi. Mais celui-ci remporta la victoire par la grâce de son dieu et humilia l'orgueil des Djaïna (*Tiruv. pur.*, ch. XXII).

Cent ans plus tard, sous le règne de son troisième successeur, Anantaguna, qui fut comtemporain de Râma (1200), et qu'on représente comme l'emportant en piété sur tous ses prédécesseurs, les 8,000 Djaïna renouvelèrent leurs attaques. Un serpent et une vache furent par eux lancés, comme jadis l'éléphant, sur le royaume du Pândi; Anantaguna tua le serpent et le taureau Nandi, monture de Çiva, tua la vache, par l'ordre de son dieu. C'est alors que passa, à Maduré, avec son armée de singes, Râma qui se rendait à Lankâ (Ceylan) (*Tiruv. pur.*, ch. XXVIII et XXIX).

Ce récit du Çivaïste, cette tradition légendaire, prouvent seulement qu'à cette époque reculée, les Djaïna étaient assez puissants pour attaquer, à trois reprises différentes, leurs ennemis, mais qu'ils furent vaincus.

Beaucoup plus tard, sous le règne du Pândya Arimarddana, qui vécut vers le milieu du VIe siècle, des prêtres Bouddhistes vinrent de Ceylan et furent convertis par le célèbre Çivaïste, Mânikkavâtchaka (Mânikkavâsagar), surnommé Tiruvâdavùrar. Ce sage, que l'on vénère encore dans l'Inde méridionale, naquit à Vâdavûr, où sa fête est célébrée au mois de margaji (décembre), « par la volonté de Çiva, pour confondre le Bouddhisme; en détruire et faire fuir les ténèbres ». Pendant seize ans il étudia et apprit les 64 arts. Sa réputation parvint jusqu'au roi qui l'appela près de lui et, lui donnant plusieurs titres, l'établit son premier ministre. (*Tiruv. pur.*, ch. LVIII).

On doit supposer avec M. Ariel que ces Bouddhistes étaient du pays même, et que, persécutés, les non-convertis se réfugièrent à Ceylan, dont l'ère bouddhiste est 543, date qui correspond exactement à celle de la vie de Mânikkavâtchaka.

Enfin, le dernier roi de Pândi, Kûna, était de la religion des Djaïna et fut converti par le roi des Kaunya, qui lui donna la cendre sacrée (*vibhûdi*) (*Tiruv. pur.*, ch. LXII). Après sa conversion, ses anciens coreligionaires furent attaqués, empalés et convertis, ce qui eut lieu de 375 à 360 avant J.-C. (*Tiruv. pur.* ch., LXIII).

Le royaume du Pândi s'éteignit ensuite, au moment où le Çivaïsme parvenait à l'apogée de sa puissance Le purâna s'étend en longs éloges sur les rois persécuteurs; en longs cris de joie sur ces conversions forcées, sur ces violations de la conscience. Il n'oublie aucune occasion d'insulter et de maudire des adversaires désarmés et vaincus. On a peine à lire ces louanges donnés au plus grand défaut des réformateurs religieux, l'intolérance. Mahomet dont la religion parfois si belle, offre souvent des étincelles splendides et pures, a aussi péché par là et cependant il a réussi, en partie, mais hors de l'Europe. L'Afrique et l'Asie, pays de la servitude et de l'avilisement, ont pu seuls accepter sa croyance. Déjà, en Europe, les persécutions de la vieille Rome contre le jeune christianisme avaient échoué. C'est que le christianisme est la seule religion qui puisse vivre et se maintenir pure en Europe; car là, mieux que partout ailleurs, l'esprit est plus disposé à ces deux dons célestes qu'apprécient peu les peuples dégénérés de l'Orient et du Midi, si appropriés pourtant au caractère et à la noblesse de l'homme, ces deux armes de la conscience : la pensée et la liberté.

25 mars 1861.

www.ingramcontent.com/pod-product-compliance
Ingram Content Group UK Ltd.
Pitfield, Milton Keynes, MK11 3LW, UK
UKHW032037260826
14628UKWH00007B/3017

9 782019 667146